Estadounidenses asombrosos: George Washington

Sharon Coan, M.S.Ed.

Conoce a George Washington.

Era granjero.

Se casó.

Quería que América fuera libre.

Lideró el **ejército**.

Era **valiente**.

Trabajó duro.

¡Pregúntalo!

George Washington fue un estadounidense asombroso. Pide a un adulto que te ayude a encontrar a otro.

Tyler y Elbert

Tyler cree que Elbert es un estadounidense asombroso. Elbert es su papá. Elbert es un doctor. Ayuda a personas a sentirse mejor.

Pregunta cómo ayuda a la gente.

Glosario

ejército: un grupo que lucha por un país

presidente: el líder de una nación

valiente: que no siente miedo

Índice analítico

¡Tu turno!

George tenía una vida ocupada. Dibuja algunas de las cosas que hizo. Comenta tu dibujo.

Asesoras

Diana Cordray
Administradora del centro educativo
George Washington's Mount Vernon

Shelley Scudder
Maestra de educación de estudiantes dotados
Broward County Schools

Caryn Williams, M.S.Ed.
Madison County Schools
Huntsville, AL

Créditos de publicación

Conni Medina, M.A.Ed., *Gerente editorial*
Lee Aucoin, *Directora creativa*
Torrey Maloof, *Editora*
Lexa Hoang, *Diseñadora*
Stephanie Reid, *Editora de fotos*
Rachelle Cracchiolo, M.S.Ed., *Editora comercial*

Créditos de imágenes: Tapa, pág.1 Wikimedia Commons; págs.2, 9 Everett Collection Inc/Alamy; pág.13 Ivy Close Images/Alamy; pág.5 Pictorial Press Ltd/Alamy; pág.11 Stocktrek Images, Inc./Alamy; págs.3, 6–7, 14, 17/The Granger Collection, New York/The Granger Collection; pág.18 LOC [LC-DIG-pga-01368]/The Library of Congress; pág.8 LOC [LC-USZC2-3154]/ The Library of Congress; pág.10 LOC [LC-USZC4-2737]/ The Library of Congress; pág.22 KPA/United Archives/WHA/ Newscom; Backcover Picture History/Newscom; págs.4, 12, 15–16 North Wind Picture Archives; todas las demás imágenes de Shutterstock.

Teacher Created Materials
5301 Oceanus Drive
Huntington Beach, CA 92649-1030
http://www.tcmpub.com

ISBN 978-1-4938-0438-2